LEARN
CHINESE
EASILY

▲

中文易學
（看圖識字）課本
第四冊

文復會中文易學研究小組委員會　編著

三民書局 印行

目次

龍部 ^{ㄌㄨㄥˊㄅㄨˋ}

56

虫 ㄔㄨㄥˊ
chúng

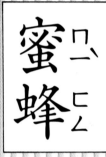

蜜蜂
ㄇㄧˋ
ㄈㄥ

蜜蜂會釀蜜
ㄇㄧˋ ㄈㄥ ㄏㄨㄟˋ ㄋㄧㄤˋ ㄇㄧˋ

mì fēng
(bee)

蜘蛛
ㄓ
ㄓㄨ

蜘蛛會結網
ㄓ ㄓㄨ ㄏㄨㄟˋ ㄐㄧㄝˊ ㄨㄤˇ

jr ju
(spider)

這是小蚱蜢

蚱ㄓㄚˋ蜢ㄇㄥˇ

jà měng
(grasshopper)

蛇盤繞在樹上

蛇ㄕㄜˊ

shé
(snake)

螞蟻很合群

螞ㄇㄚˇ蟻ㄧˇ

mǎ yǐ
(ant)

虫 ㄔㄨㄥˊ

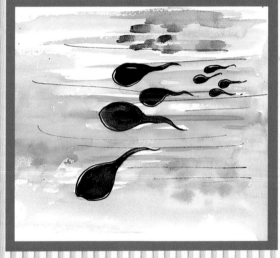

蝴蝶真美麗

hú dié
[butterfly]

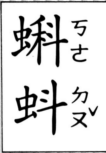

小蝌蚪在水裏游

kē dǒu
[tadpole]

蝌蚪變成青蛙，
坐在荷葉上

蛙ㄨㄚ

wā
[frog]

虫 ㄔㄨㄥˊ

蟬 ㄔㄢˊ

蟬ㄔㄢˊ在ㄗㄞˋ樹ㄕㄨˋ上ㄕㄤˋ唱ㄔㄤˋ歌ㄍㄜ

chán

(cicada)

蜻 ㄑㄧㄥ
蜓 ㄊㄧㄥˊ

蜻ㄑㄧㄥ蜓ㄊㄧㄥˊ好ㄏㄠˇ像ㄒㄧㄤˋ小ㄒㄧㄠˇ飛ㄈㄟ機ㄐㄧ

ching tíng

(dragonfly)

蠶 ㄘㄢˊ
蟲

蠶ㄘㄢˊ寶ㄅㄠˇ寶ㄅㄠˇ會ㄏㄨㄟˋ吐ㄊㄨˇ絲ㄙ

tsán

(silkworm)

虫 ㄔㄨㄥˊ

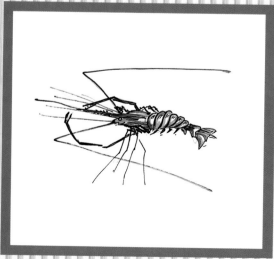

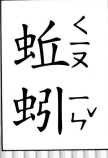

蚯蚓
くㄡ ㄧㄣ

chiōu yǐn
(earthworm)

蚯蚓從土裏鑽出來

螃蟹
ㄆㄤˊ ㄒㄧㄝ

páng shiè
(crab)

螃蟹有八隻腳

蝦
ㄒㄧㄚ

shiā
(shrimp)

蝦會游水也會跳高

貝ㄅㄟ

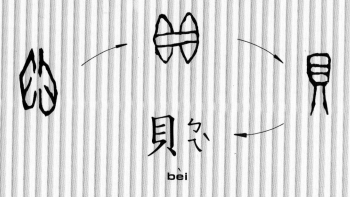

bèi

賣 ㄇㄞˋ

mài
[to sell]

買 ㄇㄞˇ

mǎi
[to buy]

老婆婆賣東西

小弟弟買東西

貝 ㄅㄟˋ

货 ㄏㄨㄛˋ

huò
(cargo ; goods)

卡車可以載很多貨物

ㄎㄚˇ ㄔㄜ ㄎㄜˇ ㄧˇ ㄗㄞˋ ㄏㄣˇ ㄉㄨㄛ ㄏㄨㄛˋ ㄨˋ

豕 ㄕˇ

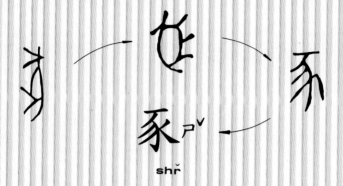

豕 ㄕˇ

shǐ

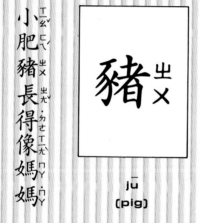

豬 ㄓㄨ

jū

(pig)

小ㄒㄧㄠˇ
肥ㄈㄟˊ
豬ㄓㄨ
長ㄓㄤˇ
得˙ㄉㄜ
像ㄒㄧㄤˋ
媽ㄇㄚ
媽ㄇㄚ

象 ㄒㄧㄤ

shiàng

(elephant)

大ㄉㄚˋ
象ㄒㄧㄤˋ
鼻ㄅㄧˊ
子˙ㄗ
長ㄔㄤˊ

豸ㄓˋ

jr

貓 ㄇㄠ

māu
(cat)

大ㄉㄚˋ花ㄏㄨㄚ貓ㄇㄠ玩ㄨㄢˊ線ㄒㄧㄢˋ球ㄑㄧㄡˊ

豹 ㄅㄠˋ

bàu
(leopard)

花ㄏㄨㄚ豹ㄅㄠˋ也ㄧㄝˇ很ㄏㄣˇ兇ㄒㄩㄥ猛ㄇㄥˇ

車 ㄔㄜ

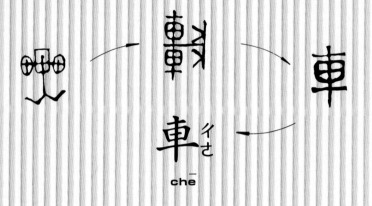

車 ㄔㄜ
chē

大輪船在海裏航行
ㄉㄚˋ ㄌㄨㄣˊ ㄔㄨㄢˊ ㄗㄞˋ ㄏㄞˇ ㄌㄧˇ ㄏㄤˊ ㄒㄧㄥˊ

輪船 ㄌㄨㄣˊ ㄔㄨㄢˊ
luén chuán
[steamship]

羽毛和汽球都很輕
ㄩˇ ㄇㄠˊ ㄏㄜˊ ㄑㄧˋ ㄑㄧㄡˊ ㄉㄡ ㄏㄣˇ ㄑㄧㄥ

輕 ㄑㄧㄥ
chīng
[light]

22 ／中文易學（看圖識字）課本

車 イさ

jiàu
(sedan-chair)

轎子是從前的人坐的

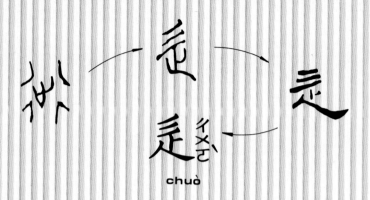

chuò

shiún luó
[to patrol]

警察開著巡邏車來了

ㄐㄩㄥˇ ㄔㄚˊ ㄎㄞ ˙ㄓㄜ ㄒㄩㄣˊ ㄌㄨㄛˊ ㄔㄜ ㄌㄞˊ ˙ㄌㄜ

sùng huán
[to return]

借的東西，不用時要送還

ㄐㄧㄝˋ ˙ㄉㄜ ㄉㄨㄥ ˙ㄒㄧ ㄅㄨˋ ㄩㄥˋ ㄕˊ ㄧㄠˋ ㄙㄨㄥˋ ㄏㄨㄢˊ

弟弟追兔子

追 ㄓㄨㄟ

juēi

(to chase)

樹林著火了，
小鹿趕快逃

逃 ㄊㄠˊ

táu

(to escape)

山下的房子近

近 ㄐㄧㄣ

jìn

(near)

ㄔㄨㄟˋ

走

山ㄢ ㄕㄤ˙ㄉㄜ ㄈㄤˊ˙ㄗ ㄩㄢˇ
山上的房子遠

遠 ㄩㄢˇ

yuǎn

(far)

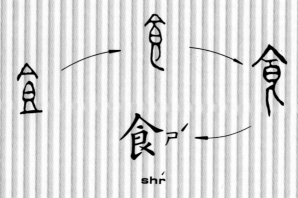

食ㄕˊ
shŕ

餛飩
ㄏㄨㄣˊ
ㄉㄨㄣˊ

餛飩很好吃
ㄏㄨㄣˊ ㄉㄨㄣˊ ㄏㄣˇ ㄏㄠˇ ㄔ

huén duen
[won-ton]

飯
ㄈㄢˋ

我用筷子吃飯
ㄨㄛˇ ㄩㄥˋ ㄎㄨㄞˋ ㄗ˙ ㄔ ㄈㄢˋ

fàn
[cooked rice]

我愛吃饅頭
ㄨㄛˇ ㄞˋ ㄔ ㄇㄢˊ ㄊㄡ

mán tou
(steamed bread roll)

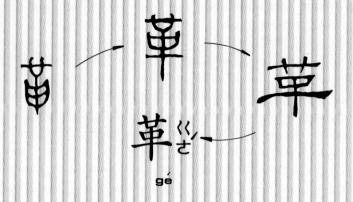

革 ㄍㄜˊ

革 gé

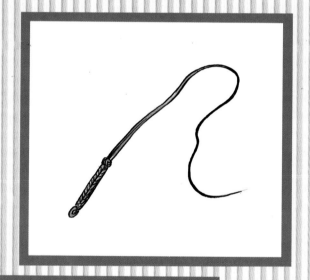

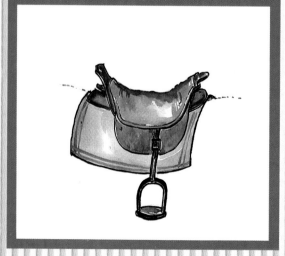

這是一根鞭子
ㄓㄜˋ ㄕˋ ㄧˋ ㄍㄣ ㄅㄧㄢ ˙ㄗ

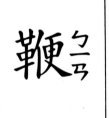

鞭 ㄅㄧㄢ

bian
(whip)

馬鞍放在馬背上
ㄇㄚˇ ㄢ ㄈㄤˋ ㄗㄞˋ ㄇㄚˇ ㄅㄟˋ ㄕㄤˋ

馬鞍 ㄇㄚˇ ㄢ

mǎ an
(saddle)

革 ㄍㄜˊ

這是一雙鞋
ㄓㄜˋ ㄕˋ ㄧˊ ㄕㄨㄤ ㄒㄧㄝˊ

鞋 ㄒㄧㄝˊ

shié
〔shoe〕

這是一隻靴子
ㄓㄜˋ ㄕˋ ㄧˊ ㄓ ㄒㄩㄝ‧ㄗ

靴 ㄒㄩㄝ

shiue
〔boot〕

門ㄣˊ

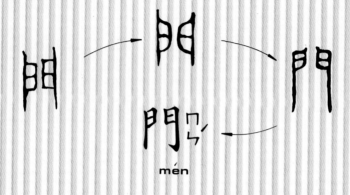

mén

開門 ㄎㄞ ㄇㄣˊ

風ㄈㄥ把ㄅㄚˇ門ㄇㄣˊ吹ㄔㄨㄟ開ㄎㄞ了ㄌㄜ

kāi mén
(to open a door)

關門 ㄍㄨㄢ ㄇㄣˊ

妹ㄇㄟˋ妹ㄇㄟ˙去ㄑㄩˋ關ㄍㄨㄢ門ㄇㄣˊ

guān mén
(to close a door)

馬 ㄇㄚˇ

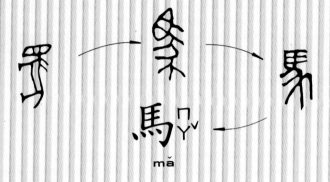

馬 ㄇㄚˇ
mǎ

這（ㄓㄜˋ）是（ㄕˋ）一（ㄧ）匹（ㄆㄧ）馬（ㄇㄚˇ）

馬 ㄇㄚˇ
mǎ
[horse]

張（ㄓㄤ）先（ㄒㄧㄢ）生（ㄕㄥ）駕（ㄐㄧㄚˋ）駛（ㄕˇ）公（ㄍㄨㄥ）共（ㄍㄨㄥˋ）汽（ㄑㄧˋ）車（ㄔㄜ）

駕 ㄐㄧㄚˋ 駛 ㄕˇ
jià shǐ
[to drive]

馬
ㄇ
ㄚˇ

騎馬是好運動

chí mǎ
(to ride a horse)

騎馬是好運動

鳥 ㄋㄧㄠ

鳥 ㄋㄧㄠ
niǎu

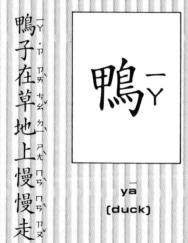

鴨 ㄧㄚ
yā
[duck]

鴨子在草地上慢慢走
ㄧㄚ·ㄗ ㄗㄞˋ ㄘㄠˇ ㄉㄧˋ ㄕㄤˋ ㄇㄢˋ ㄇㄢˋ ㄗㄡˇ

鵝 ㄜˊ
é
[goose]

鵝的脖子長
ㄜˊ·ㄉㄜ ㄅㄛˊ·ㄗ ㄔㄤˊ

鳥 ㄋㄧㄠˇ

老鷹在天空飛

yīng

[eagle]

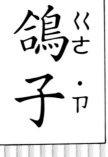

鴿子會送信

gē tz

[dove]

鹿 ㄌㄨˋ

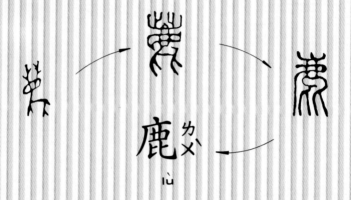

鹿 ㄌㄨˋ
lù

鹿 ㄌㄨˋ·ㄌㄜ ㄊㄡˊ ㄕㄤˋ ㄧㄡˇ ㄧ ㄌㄨㄟˋ ㄐㄧㄠˇ
鹿的頭上有一對角

鹿 ㄌㄨˋ
lù
[deer]

魚ㄩˊ

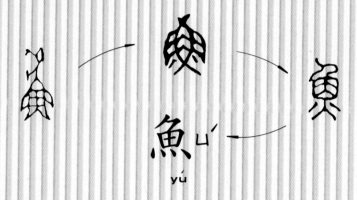

魚ㄩˊ
yú

這是一條魷魚

魷魚
ㄧㄡˊ ㄩˊ
yóu yú
[cuttlefish]

一條鯉魚在水中游

鯉魚
ㄌㄧˇ ㄩˊ
lǐ yú
[carp]

魚ㄩˊ

金ㄐㄧㄣ魚ㄩˊ很ㄏㄣˇ漂ㄆㄧㄠ·亮ㄌㄧㄤ

金ㄐㄧㄣ魚ㄩˊ

jīn yú

(goldfish)

叔ㄕㄨ·叔ㄕㄨ喜ㄒㄧˇ歡ㄏㄨㄢ釣ㄉㄧㄠˋ魚ㄩˊ

釣ㄉㄧㄠˋ魚ㄩˊ

diàu yú

(to fish)

龜ㄍㄨㄟ
guei

龜
guēi
(tortoise)

小鳥龜慢慢爬

龍 ㄌㄨㄥˊ

lúng

這是ㄓㄜˋ一ㄧˊ條ㄊㄧㄠˊㄌㄨㄥˊ龍

lúng

(dragon)

中文易學(看圖識字)課本　／中華文化復興運動推行
委員會中文易學研究小組委員會編著－－
臺北市：三民，民78
4 冊：彩圖；26公分
國語注音；中英對照
ISBN　957-14-0035-1(套)
ISBN　957-14-0036-X(第一冊)
ISBN　957-14-0037-8(第二冊)
ISBN　957-14-0038-6(第三冊)
ISBN　957-14-0039-4(第四冊)
1. 中國語言—讀本Ⅰ中華文化復興運動推行委員會
中文易學研究小組委員會編著
　802.81／8696　　　V4

中文易學(看圖識字)課本　第四冊

編著者／中華文化復興運動推行委員會
　　　　中文易學研究小組委員會
發行人／劉振強
出版者／三民書局股份有限公司
印刷所／三民書局股份有限公司
地　址／臺北市重慶南路一段六十一號
郵　撥／〇〇〇九九九八 — 一五號
初　版／中華民國七十八年十一月
編　號 S81110
基本定價　參元參角參分
行政院新聞局登記證局版臺業字第〇二〇〇號

ISBN　957-14-0035-1(套)
ISBN　957-14-0039-4(第四冊)